めぐるポプラ

宮永　蕗　詩集

土曜美術社出版販売

詩集　めぐるポプラ＊目次

めぐる　2.

めぐりめぐる

カバー装画／大倉ひとみ

詩集　めぐるポプラ

めぐる　0.

雨上がりの庭に

雨上がりの庭に蛇を見ました

小さな頭に長い身体がうねうねと従い
しっぽの先は草むらに残されたままでした

頭の先から尾の先まで狂いなく
黒い縦縞模様は編まれているようでした

久しぶりの雨によろこぶ草花
をかじろうとして跳びだしたバッタ
を捕まえようと身構えたカマキリ
をぱくりと飲み込んで満腹だったのでしょう
黒い丸い眼のついた頭を
コンクリートブロックに載せて
実に満足そうでした

蛇を見た夜はやはり夢を見るのです

私は
力を奪われ
閉じ込められる
次第に力を取り戻し
隙をついて逃げ出して
今にもというところで
しっぽをつかまれて
閉じ込められる
力を奪われ
逃げて
何度
も。
暗い
ガード下の
自販機の前で捕まり

漁師町の一軒家に閉じ込められ
金に飽いた山の手の奥様に囚われて
とても仲が悪い双子の兄弟に見張られて
煤《すす》けたビルの壊れそうな非常階段を駆け下り
水族館の物品搬入口や新興《しんこう》住宅地の空き地で
不安に駆られて、思わず、後ろを振り返る。
こんなに力の限り逃げたのだから、もう
自由になれたはずだと確信する手前で
ぬらり、忍び込んでくる、疑い
ふくれあがり、漏《も》れ出して
振り返ってみれば必ず
待ち受ける、絶望。
ああやはり私は
逃げられ
ぬ。

雨上がりの庭で
黒い丸い眼のついた頭をコンクリートブロックに載せて
蛇は、　実に満足そうでした

私に気がついた蛇はぱたんと頭を自分の後ろに投げ
その後を濡れた縞が追ってゆくのでした

頭はどこまで行ったかと
百日紅《さるすべり》の向こうを覗き込んだ途端、
尻尾の先を見失っていました

四季めぐり

森

蜜蜂の羽音よりも微かな振動が
辺りを震わせています

木々は丸屋根のようにかぶさり
円い水色のレンズにも似た
空を指しています

わたしは今、
からだを土に埋葬された
一揃いの眼のような
ひとつの意識です

芽吹きのときです

木蓮

裸の枝に純白の
繻子《しゅす》を纏《まと》う花嫁たちの花開く
宴のときは短くて
はたり　はたり　はたり　はた
地に落ちて
わたしの足元を汚します
けれど、許してしまいます
見上げれば柔らかな緑の子らが遊ぶ、
束の間のみずみずしさです

清流

新緑の木々の陰
滔々《とうとう》と流れる色のない水
角のとれた川底の小石

音もなく水面《みなも》にのった木の葉
滑るように視界から消えて
水音は止むことがなく

夏の駅

降り立つと
凛々《りんりん》と鳴る無数の風鈴
くるくると翻《ひるがえ》るよ、青い短冊
売店に並ぶ土産物
荷物を持った人影はまばら
ふわり　夏の風が渡る
並列するホームと錆びた線路

浮標《ふひょう》

風が止んだ
海が凪いだ

蒼い

落ち葉の中で

この夏　あの夏の　踵《かかと》
去り続ける　足音たち
水色の空高く吸い込まれて

消えてしまえばいいのに
何もなかったかのように
なのに

降ってくる
見上げる頭上に
はらはらと　肩をうち

地に落ちて　湿ったまま
重なって　赤や黄や緑　足元に
降りつもり　降りつもり
立ちつくす私の姿など

埋めてしまえばいいのに
誰一人いないかのように
なのに

閉ざされる予感の中に　いつも
私だけが残される

つま先で
蜂の死骸を　踏む

早朝

海鳴り、
かと思いきや、到着する列車の軋《きし》み
出発を、繰り返し告げるアナウンス
カンカンと鳴る遮断機の音
海からも駅からも離れているのに
凍みるほど、澄んだ空気は距離を超え
動物園では猿たちが
ぎっしりと丸まって猿団子《さるだんご》
私はラケットを持ち、家を出る
試合の日
早朝

雪望《せつぼう》

この冬の寒さは厳しく、雪も例年より積もるだろうと、秋口から何度も繰り返された予報に反して、まだ根雪《ねゆき》にならない。

無数の大きな雪片《せっぺん》が空からホトホトと落ち続ければ、一面のやわらかな毛布を頭までひき被り、夢見るような心地になって、あごに触れるマフラーの温《ぬく》み、足先のじんじんとする疼きが、私に血をかよわせる。

雪降り積めば、明け方に輪郭を取り戻そうとする家々や通りの物たちを、淡く埋めならす。昼には陽光を砕いて細かな粒にする。夜、灯《とも》りが点るとオレンジから灰のグラデーションで、柔らかな窪みに静けさを溜めこぼす。

私は縮こまる体を寒風になぶらせたまま、遅れている路線バスを待つように雪を待っている。庭の裸木《はだかぎ》も家の脇に重ねられたプラスチックの植木鉢も、晒《さら》され乾き続けて、今にも粉々になってしまいそうだ。

めぐる

1.

砂の土地

除雪車の用がなくなると
砂を除《の》ける重機が呼ばれる
春、舞い上がる砂塵《さじん》
砂走る夏の嵐
吹き荒《すさ》ぶ寒風のあと
雪が砂をしのぐ時期を除いては
砂が道を覆う

街なかの道の混雑がひどくなり
海岸沿いに道路を敷いたのだ
飛砂《ひさ》を防ぐフェンスをならべ

松を植えて砂防林《さぼうりん》にした
フェンスは砂に埋まり
潮風で錆びて取りかえられる
松は茶色く痩せ枯れて
松くい虫退治のために薬が撒かれる
そして砂を除ける重機が呼ばれる

昔はタバコ畑があった
やがてスイカ畑になって
スイカ畑は住宅地に変わった
住宅地から通勤する車のために
海岸沿いに道路が敷かれ
砂を除ける重機が呼ばれる

めぐるポプラ

ひらいている窓枠に
ちいさくてしろいふわふわしたものが
とまるのを見ました

次の日
ふわふわしたものが浮かんでいる
と思ったら
斜め二つ前の席の
ミホちゃんの白いブラウスの背に
見えなくなりました

気がつけば教室には
しろいふわふわしたものが
いくつも漂っているのでした

床に落ちたポプラの綿毛は
部屋のすみに吹き寄せられたり
まとまって廊下をころがったりしました

＊＊

モスクワに住む友人から
ロシアにはたくさんのポプラの木があって
綿毛で地面が真っ白くなるほどだ
と聞きました

シベリアで抑留《よくりゅう》されて
帰国後まもなく亡くなった祖父とは
会ったこともなく
思い出すきっかけすらなかったけれど

ポプラよ

＊＊

五月に雪が舞うならば
それはあなたからの手紙です

いつか遥か空高く
違う風に吹かれているあなたが
地上に寄こした手紙です

近くて遠いかの地では
雪のように降り積もるという
ポプラの綿毛

かつてかの地で

飢えと疲弊《ひへい》の地平から
祖父はあなたを見上げたでしょうか
あなたが吹かれている風に
思いを馳せたりしたのでしょうか

聞かせて

＊＊

職場では毎年五月に大きな会合があって
晴れていれば戸外で集合写真を撮ります

撮影用のひな段の準備を手伝っていると
写真屋さんが言いました
「毎年ふわふわしたのが飛んでいるけれど」

「これはポプラの綿毛です。
小さな種を飛ばすのです。
ほら、あそこに」

立っています
まぶしい日差しの中に

*
*

砂色の海

裏返されたボート
横たわる流木
海が近い土地に越してきて
初めて見た海は
人工の川流れ込む
曇天《どんてん》に白く波立つ
茶色い海

急にまばらになる家屋
収穫の終わったすいか畑
棒杭《ぼうくい》と錆びた針金

スニーカーから
砂があふれて
また被る
砂、また砂、を越え
たどり着く海

初めて行った海水浴は
遠浅《とおあさ》の海
ざぶざぶと
行けども、行けども
深まらぬ足に
濁り、泡立つ
砂色の海

日射しに焼かれ

アスファルトに蒸され
人、また人、をよけながら
砂の灼熱《しゃくねつ》に大慌てして
たどり着いた海

電車の窓から見た海は
空より重く青かった
知らなかった。
海は
遠いほど、
離れるほどに、青

九月

道脇の草むらに
コオロギが鳴く
斜め上から
黄色い陽に燻《いぶ》されて
ひび割れた蝉の
声、にじむ木立が投げる
影、冷や冷やと風吹かし
草深くより
鈴虫の鳴く

となりあい

わかれあう
午後四時にまだ
夏に置かれた頭に
かざす手のひら
斜めに

夏と
秋の

けものみち

開発された住宅地の中、取り残された島のような空き地には、グミの低木、ススキの株やら草々が、根を絡ませみっしりと葉を繁らせている。

ネズミやヘビや野良猫が草むらにかすかな筋をこしらえて、それを人の子らがなぞる。曲がり角を大きくショートカットするために大人たちも通り抜け、人も通る、けものみちができあがる。

近道を知らぬものたちを尻目に、藪の中に姿を消す。ススキの株を半周まわる。木の根がこしらえた段々を一歩一歩踏みしめて登り、ひょっこりと、草むらの上に顔を出したら、てろり、キツネのようにとび跳ねたい、心踊るけものみち。

野良猫の後を追う。カエルと出くわす。共犯者を互いの草分ける音で知り、譲りながらすれ違う。

日が暮れたなら怖くなる。足元を木の根が捉え、ヘビたちが横切り、目に見えぬバケモノが怯える頭に満ち満ちて、ついて来る、来る、ケモノミチ。息を止めて駆け抜けろ。

空き地がとうとう均《なら》されて、新品の家が建つ頃には、通るけものも姿を消して、それでも嬉しく懐かしい、あそこにけものみちがあった。

びくん、ぶぶ

スマートフォンが
びくん、ぶぶ
左手のひらに息づく何かを掬《すく》い
柔らかに発光する温かい腹を
人差し指で押して確かめる

びくん、ぶぶ
生きたツールを手中にと
意図された錯覚
省エネモードに変更すれば
大人しく道具に戻る

生きることは消費なのだ

年老いた猫が蟹を貪り食った

おいおい、と
甲羅《こうら》から身を剝がしてやろうとしたら
取り上げられたら俺は死ぬ、
とばかりに抵抗したから
好きなようにさせた

大量に吐いて、次の日死んだ

フローリングに長く伸び
思い出したようにもがいて
びくん、びくん、ぶぶぶ、ぶるる

お取り寄せのタラバ蟹
あんなに貪らなければ
もう一週間は生きたかもしれないけれど
おい、猫よ、贅沢に消費したよな

心臓が動きを止めたら
熱も弾力もなくなって
お前というかわいい生き物は
別の何かになっちまった

ぺたんこの腹
そっと押しても震えない
皮の袋になっちゃった、ね

潮目《しおめ》

刻々と退色してゆく視野を割りながら走る
信号待ちで
ハンドルを抱え
陽のなごりを探して左を見やると
流れていた

二列に背を向けて並ぶ
家々の間に用水路
秋も終わりだというのに草が生《お》い
西洋朝顔が大輪の青をひらく
水か

日差しか
そこは暖かい場所なのだ

背に小さな園《その》を従えて
家々に
住む人どもは幸せだ
そこにはたぶん薔薇《ばら》の茂みもあって何よりも
緑の下草が
音もなく
萌え続けている

想い

石ころだらけの地面に刃を立てて
掘り返す、深く　深く
黒く熟した腐葉土《ふようど》、ふかり
白い肥料つぶ、はらり

くり、とふくれたかたい実が
赤茶の皮にくるまれて
いずれ降り重なってゆく雪の下
雪より白い根を生やし
深く、広く、
ひと冬かけて伸ばせるように

やわらかく、掘り返したかったのに
雑々《ざつざつ》とした事々《ことごと》と、雨雲の
継ぎ目こじあけ走り出た
玄関の隅で乾いている球根の小箱抱え
急ごしらえに
穴を穿《うが》っては地に放つ

丁寧に埋めてあげたかった、手の甲を
まもなく打つだろう
白い霰《あられ》

霰《あられ》が空から打たずとも、あたたかに
放って咲いた彩りが
春にちくちく刺すだろう

雪曜日《ゆきようび》

小判みたいな雪片《せっぺん》が
ぼとぼとと落ち続けて
すべてを埋めてしまったから
歩道は歩くところではなくなって
とりあえずは車道を歩く

交通機関が麻痺しても
仕事は休みにはならないから
歩いて職場に向かうのだけれど、
時計はしばし、動きをゆるめた。

ときおりやって来る自動車は
歩くより少し速いスピードで
のろのろと私を追い越せばいい

ここはスケートリンク
みんな光るスケート靴履いて
輪を描いたり、滑り抜けたり、
たまにはこんな日があっていい。

月曜から仕事に出かけ、
水曜は帰りにスーパーに寄り
たまった用事は土曜にこなし、
待ち望んでいた日曜日、
私、何してた?

それでも
階段に踊り場があるように
私には雪曜日《ゆきようび》が必要だ

登りゆく先の先は見えなくて
たどり来た道のりはおぼろ
でも踊り場ではステップ踏んで
　タタタン
　　　トトトン
タン　トン
　タン

ほら、また、ばかみたいに
大きな雪が降ってきた

めぐる 2.

小さな生きもの

音をたてて煎餅《せんべい》をかじっている
小さな生きものよ
私がいなければ
お前はいなかった
私のこれまでがなかったら
お前はいなかった
無条件に、
お前は私にとってよいのだから
私もまたよいのだ

森からさまよい出てきたみたい

口だけもぐもぐ動かしている
奇妙な生きものよ
お前がいることで
私は許された
私に許された
初めて、許された

ただまっすぐに伸び繁ること
その根が大地に深く根ざしていること
森の木は疑うことを知らない。
それは私が受け取り損ねた贈りもの
追いかけてきて届けてくれたお前に
私はきちんと渡したいから
どんなに気持ちが落ちたときも
どれだけ挫折したときも

私は私を大事にします
　お前が　私が　居ること
断崖に生えた痩せ松のように
寒風に縮こまる私を
ほんとうは包んでくれていた、暖かい

もう今は
ふぅふぅと寝息を立てている、娘の
うぶ毛の生えた小さな耳にささやく
「ここにあるよ　ちゃんとある」

たくさんの名前

眠るあなたを起こすのに
今朝は、何て呼ぼう
考える間もなく
愛しいものは
たくさんの呼び名を持っている

ふれたくて、呼ぶ
いろんなふうに
いろんなほうから
まんべんなくふれたらきっと
まるくなる

まあるくなあれ
まあるくなあれ
カタカタいう
オレンジ色のねんど板
のっけたお団子《だんご》転がすように
下向きの手のひらで
どこもかしこも
まあるく
まあるく
まあるいものは、かわいい

お釈迦《しゃか》様の手のかたち
上《うわ》向けたのはみんなのため
下向けたのは、ひとり。

ひとりと、ひとりのため

「もう、名前、最初の音しか合ってない」
目をこすりながら起きてくる
あなたの全部を呼んでいる
わたしのために
たくさんの名前がうまれる

さくら　ねこ

マロンに残された一つの腎臓が、働き疲れて音《ね》をあげた。マロンの胃袋と私の胃袋は繋がっているから、マロンの具合が悪いときには私もおなかが空かない。もう食事を終えたような気になっている午後。お前は今、病院で何してる。

なぜ花は、花を散らす嵐に必ず遭うのだろう。春の日に川辺へ花見にでかけ、あまりの強風でさくらを見られず、帰りにはお前を連れていた（経緯を話せば長くなる）。なぜお前であって、他の何かでなかったのか。偶然と必然をならべて説明できるけれど、お前でなくても愛したろう。お前へとは違う愛で。

お前の砂色の、茶色や灰色にも見えるあかるい毛の色は、黄緑の目の色は、思えばすべてあの日の、あの日見られなかったさくらから来ている。さくら色のねこをマロンと名づけた。名づけた理由に意味はない。愛することに理由がないように。

仕事が終わったら、車で迎えに行く。家に帰ったらならんでご飯を食べよう。マロンが飢えを満たすようにがつがつと食べれば、明日の分まで食べるなと笑い、わたしも無性《むしょう》におなかが減るのだ。そういえば、と、お昼を食べていなかったことを思い出す。

さくらは毎年満開に花ひらくことを約束している。約束をきちんと果たせるように、偶然と必然をうまく並べて。風よ、今、花を散らすな。

帰宅

空のふちがワイン色に染まるころ
遠く海ぎわの松林の上に
何羽ものトビが
ひしゃげた輪を
もやり、もやり、描きあうから
空がゼリーのような
粘度《ねんど》を持ったことを知る
夜が垂れてこないうちに
急ぎ足で帰る

ランドセルから取り出して
鍵を回して入る家の中は

薄闇が沈殿していて
ため息で舞い上げないうちに
すばやく電気をつける
朝の慌ただしさそのままに
椅子の背にかけられたエプロンや
投げ出された新聞が
空白を語りだす前に
リモコンを拾って
テレビをつける

まもなく姉や弟が帰宅し
母の車の音が聞こえ
そのうちに、父も帰ってくるだろう
満ちてゆく、闇夜に浮かぶ方舟《はこぶね》のように
家は明るさを増してゆく

異郷へ

僕の住んでいる家だって都会と呼べる場所にあるわけではないけれど、電車はさらに二時間ほど、水田や誰も降りない海ぎわの無人駅を経由してやがて山間へと向かう、その途中にある古い街へ僕らを運んだ。

木造の家々はくすんだ灰色をして、商店街の軒下には壊れたつばめの巣がこびりついている。鉄筋コンクリートの建物は学校と病院で、家並みに負けないくらい煤《すす》けている。大家の家と隣家の間を抜けると単身赴任の父が暮らしている借家があって、母と僕は掃除がてら遊びがてら訪ねて行ったのだ。

母の手伝いに飽きて外に出る。家の裏手の細くて急な坂道を下る。雨のように蟬の声が降っている。杉や松はまっすぐに聳《そび》え、ずいぶん高いところにいるのだろう、蟬の姿は見えない。道の脇には背丈ほどの椿の垣が濃緑色《のうりょくしょく》の葉を光らせていて、僕も消える。黒くすべらかに丸めいた、椿の実を拾わねばならない。

峡谷《きょうこく》

遠く、夜の冷気に磨かれた姿で、オフィスビルの谷間にいる私を必ず探し当てるから、月は、見えない紐《ひも》で結ばれて、私の周りを散歩しているのだ。首をいっぱいに反らして見つめる。

月を探すことをしない。はたと視界に入ったときだけ思い合う。「あんたがいる限り」。踏み外すのが怖くて、執拗に足元を確かめながら歩を運ぶ。たどり着く先もわからずに。一日一日をひりひりと繰るのが精一杯だ。

時計のネジを巻く。止まっているのに誰も気づかないから、いつも自分でネジを巻かなければならなくて、うんざりする。毒づいてみるが、私以外その時計を見ないのだから誰も気にするわけはなく、私の時計だけが遅れている。

出発の時刻を知らずに、仲間たちが乗って行った電車に乗り損ねてしまった。月だけが、留まった。

月の、夜ばかりだった。昼のことは思い出せない。月のない夜のことも。

住み処《か》

巨大なマンション群の
数知れず並ぶ窓を遠目に
あの中の一つに暮らすのは
何とも恐ろしい気がして眺めていた
独り暮らしの
二階建てのアパート

１ＤＫが住み処《か》だが
ベッドまで数歩
ここには生活がない
必要な分だけ家事をして

帰ってきて、食べて、寝る
気楽だけれど
仮住まいでしかなかった
時代を懐かしみながら

ようやくたどり着いた
と思った生活は
大切に育むつもりが
繰り返すことに飽き、
眠りも浅く、
朝、三時に目を覚ますと
焼きすぎてしまった
目玉焼きのような
月がみていた

待つための時間

夕食用の唐揚げを買いにきて
熱くじゅわりと揚がるまで
外のベンチに腰かけています

竹竿《たけざお》で高くかざした白い暖簾《のれん》が
風に、くり返しめくられて
じめんで影が遊びます
照らす日差しは夏に似て
今にも海が見えそうな気がする
街の道路沿い

車がさかんに通ります
陽が翳《かげ》るまでここに座って
とどまれないことのかなしさを
わかちながら居てくれる
まだ見ぬあなたは今どこに
隣を空けて待っています

晩ごはんの唐揚げが
こんがりきつね色に揚がるのを
私はベンチに腰かけて
待っています
じゅわり、からっと揚がるまで
ここで、待っています。

斑入《ふい》り模様

日差しの翳《かげ》った庭
緑に細かな黄の散った
つるりと硬いアオキの葉っぱに
湿った土のお団子《だんご》のせて
松葉一組そえたなら
思い出して赤い実二つ
さあ、召し上がれ
とつぶやく前に
お昼だよと呼ぶ母の声
皿も団子《だんご》もそのままに
台所へかけこむと、

「おむすびにしようと思ったけれど
ごめんね、ガス釜の調子悪くてね
ご飯うまく炊けないの
診てもらおうと思うけど
いい加減、電気炊飯器に換えようか」

＊

一人炊き用に買った炊飯器は
講義に遅刻しそうな朝
コードに足、ひっかけて
棚の上からゴトンと落ちた
それっきり閉まらなくなった
蓋《ふた》、グッと押さえてもパカン。
重たいカバンのせてもパカン。

まだ一年も使ってないと
すんなり往生《おうじょう》できない私に
買ったほうが早いし安いと
冷やしサラダ中華が女子に人気の学食で
友人たちが口を揃えるから
「わかったよ、で、何ゴミ？
燃えないゴミの日いつ？
電気屋さん引き取ってくれる？」

*

渋滞気味の高速道路をようやく降りて
人家もまばらな道を実家へと車を走らせる
後部座席では子どもたちが眠っている
道路の脇には廃棄物の処理工場

さまざまにくすんだ金属類が
集められて潰されて
それぞれの出自《しゅつじ》をとどめたままに
ゆるく圧縮されたこの四角い集合体は
いつ、再生されるのだろう
雨《あま》ざらしの処理工場にはいつも人けがない

降りだした雨はフロントガラスに滲《にじ》み
支流から本流へ、流れ込んでは溢れたり
文明は、どこだか知らないどこかを指して
近県で、十年経っても
消せぬ火種《ひだね》がくすぶっているのに
足元で、再び点火されようとする、今
辿りきて、辿りゆく道のりの途中
家に着く頃には

すっかり本降りになっていた
雨音に、
耳をすませて。

駐車する車の音に呼ばれた母が
傘をかざして出迎えた、庭先の
アオキの葉はつやつやと濡れて
根元では小さな泥のお団子《だんご》が
もうとっくにほどけて
かえっている

めぐりめぐる

降りしきる

雨粒が
こめかみを弾く
雨だれが
肩をたたく
雨水が
頭頂からうなじを伝い
背中に流れ込むから
机のひきだしをあける指先が
中にある
削りたてのえんぴつを
濡らす

ひきだしから出てきたわたしが
洋服だんすの扉をあける
洋服だんすから出てきたわたしは
あの時の服を着ている
あの時どんな服を着ていたかなんて
覚えていなかったはずなのに

あの日と同じ服を着たわたしは
同じ場所に行き
同じ目線を浴びる
憐れみに満ちた
その源泉を
削りたてのえんぴつで
突いてやりたい

けれども
えんぴつはなぞるだけだ

なぞりながら
わずかずつ
記憶を捏造《ねつぞう》してしまえばよいのに
そうしようとする自分に
気づいてしまっているから
流れ去る水が
岸壁を
侵食するような歪曲でなければ

降りしきる雨の中では
色彩を欠いたものたちの
形と影とが重なりあって

わたしは淡く変幻する
影の形を黒くなぞっている

通りを行き交う人たちの
乾いた話し声が響いてくるから
もう雨はやんでいるのだ、と
カーテンをひらき、窓をあけよ、と
わたしは雨の降りつづく
わたしの部屋をノックする

やさしい時間

でんわをかけている
朝から何度も
ふくざつな事情を伝えたくて
ひとが出るのを待つ
あきらめて、しばらくたって、かけなおし
同じアナウンスをきく
「只今、デンワが混みあっております……

でんわで伝えたい事情、それぞれに
答えるあちら側のひとたちに
優しくならなきゃいけないよ、

非常時だしね。
努力して、
やさしい時間を流す

あかりの消えた事務室で
オレンジ色のひかりが、瞬く
カチッと音をたててから
でんわの声は応じる
倦《う》むことなく
繰り返す
でんわをかけてきたひとが
つながりを断つまで

何度かかってきても

「もう、誰もいないよ」
なんて、言いやしない
ひとのかわりに

オレンジの
ひかりが瞬く
薄暗い部屋で
おだやかな声は
はなし続ける

逆さまの、椅子

椅子、は空《から》のまま写真に撮られる。椅子、は空《から》になって詩に詠まれる。そのわけを知る。逆さまの椅子を前にして。

昼間なのに暮れていた。灯りの絞られた図書館は、無音のメッセージを発している。「棚から本を抜き出して速やかに去れ、各々のシェルターへ。」

閲覧スペースは消灯されている。背表紙で埋め尽くされた書棚の群《むれ》を上から照らす、蛍光灯。こぼれた薄い光に自らを証《あか》そうとする、いくつもの閲覧用テーブル。その白いテーブルの上で四本の足を天井に向けているのは、逆さまにして載せられた四脚ずつの、椅子だ。

座面はテーブルにうつ伏せられて。座面の上にいつもふうわり浮かんでいたものは、跡形もなく破られた。何に？　母たちの裁縫箱にいつのまにか潜んでいた見知らぬ針、のような禍《わざわい》に。「痛っ！　こんな針あったかしら。」母たちは指に滲《にじ》んだ血を舐めた。

空《から》のままの椅子はそよ風の吹く草原に、空《から》になった椅子は誰もいない部屋に、そっと置かれる。逆さまに載せられたのは椅子ではなくなった、椅子だ。何ものをも纏《まと》うことを拒絶して林立する、剝《む》き出しのオブジェ。

非常時なのだ、非常時なのだ。思いもしなかった景色を目の当たりにし、自らも含まれながら声なく叫ぶ。「奪われたんだ！」人のためのものが、人のために。

爆弾

どこか　眠らされている　みたい
繰り返す毎日に
世界　なんか　見えない。

誰もがどこかに病を抱えているにしろ
誰それが入院しただの亡くなっただの
そんな話も聞かなくて
他人事のようにニュースを聞いている

平和、振り返ればかけがえのない
いつか、幸せだったと思い返すときが来ると
大切に、噛みしめなければならないと

言い聞かせてはみるけれど
この前食べたパン屋さんの
あのシナモンの効いたのがまた食べたいなぁって
スーパーで買い物のついでにパン屋に寄って
叶えたいことがあって良かった
小さな欲望があって良かった、まだしも。

金曜の夕方、せわしげに
市街地方面に車を駆って、信号待ちをしている
一台一台の窓を叩いて、つかんだ肩を揺さぶって
「ねぇ、どこいくの。
どんな大事な用事があるの、ねぇ」
訊いてみたい
雨の日の通勤

晴れの日の通勤
同じ道を行って、戻って、
あとは帰宅後、車に乗って
時折スーパーに買い出しに行く
だけだよ、わたしの毎日は
あ、大根、二百円超えた。

どこか
眠らされている
か、壊死《えし》してしまっている、
かもしれないけれど、
どこをどうしたいのか気づけない、

どこかが、
眠らされている、からね。

ウエハース

鈍い音を立てて窓へ
飛び込んで爆《は》ぜた砲弾の、
内側から立ちのぼる
黒い煤跡《すすあと》が見えた気がして
思わず奥歯を噛んだのは、
廃墟と化した戦場ではなくて
ゆっくりと静かに乾いていった
巨大な温泉旅館だった

窓ごとにわだかまる影は
かつて豊かだった人と人とが

流れゆく河と河原を見下ろし
対岸に迫る山緑《さんりょく》と空とを並べ
景色として眺めようと
その奥深くから歩み出てきた
空隙《くうげき》の暗さよ

横並ぶ、四角く採られた窓々を
支える仕切りは頼りなく
積み重なった真ん中がわずかに
たわんでいるようにも見えて
私はサクリという歯ざわりや
唇に貼りつく感触を思い出す。
白く甘いクリームに薄荷《はっか》の香る
それはウエハースなのだった。

空色

私の家は高台に立っているから
薔薇の木を植えるのをためらう
上った長い坂を下る
ジャムを買いに
薔薇は西陽《にしび》が嫌いだ

夜、強い風が吹いた翌日は
方々《ほうぼう》から呼び止められる
あんたの家は大丈夫だったか、と。
何ともないに決まっていると
しかめ面して歩み去る

窓枠を揺さぶり
屋根を持ち上げ
海へ蹴落とさんとする
夜半《やはん》の残響が聴こえた

麓《ふもと》から列になって
蟻が登ってくる
夢をみる
私が眠る二階の窓まで

家の窓をすべて外した
玄関の扉も取り払った
風が声をあげて通り抜けた
屋根も外壁も空色に塗ると
家は空に溶けた

それが済むと坂を下った
スーツケース一つと
イチゴジャムの瓶を片腕に

小高い丘のてっぺんに
白い海鳥たちの姿がチカ、チカ
瞬くように見えるのを眺める
庭に咲く薔薇を摘みながら

変成《へんせい》

あまりに大きすぎる体は視界に余りました。竜がその巨大な肉をくねらせるたび、鱗《うろこ》が立ち上がります。私は狂喜しました。山だ！　山肌だ！　岩々は波打ちながらささくれ立ち、その根元には黒々とした影が射しています。その影深く長い爪を挿し込んで、ゆっくりと持ち上げるのを想像するのでありました。庭先の石をはぐればハサミやワラジ虫たちが慌てて転がり出ます。そんな嬉しさを思い起こしはしたものの、この暗がりの奥底に熱い肌があり、血が流れていること、焼けつくような痛みが生ずることを、愚かにも、我が鼻の先から立ち昇る煙ほどにも気にかけなかったのでした。私はひび割れた、声をあげました。

剝《は》がされ、晒《さら》された痛みはまるで焼きゴテをあてられたかのようでした。おかげで空《から》気が空ではないことを、体をぐりと取り囲み、動けば擦《こす》れるということを、大気か、私か、たえず蠢《うごめ》いていることを思い知らされることになりました。堪らず息を殺しました。

地上において、コップに酌まれたようになりました。トン、トン、と滴が頭上をたたくたび、何とか呑み込んできたのです。なみなみと注がれた私はすでにふるふると揺れています。でもまだこのまま、丸く盛られた表面に虹を映して、微睡《まどろ》んだふりをしていられるはずでした。

いつどこから落ちてきた、どんな滴かはわかりません。それはいつもと何ら変わらない一滴《いってき》であったのでしょう。けれども私は流れ去ったのです。

ねじ、の王国

ある日、ある夜、机の下に
見たことがないような、あるような、ねじ。
爪先にあたって、くるり、弧《こ》をかいた

つまんで持ち上げ
フッとひと吹き、ほこりを飛ばし
とりあえず、ひきだしの隅にしまうのは
ぽっかり空いたねじ穴を探して
見回し、覗き込んだ、十数秒の後のこと

世の中は、しまわれたねじで一杯になって
わたしは温まり、眠くなる

ねじはいつしか弛《ゆる》み、はずれ落ちてしまった。けれどもそのために、音を立てて崩れ去る王国はなかった。長らくまみれていた、床のホコリが請け合ったように。あの懐かしいねじ穴にふたたび呼ばれる日を待って、ねじは乾いた夢をみる。世界の中心にあるひきだしの、隅で。

わたしは歯をみがき、寝じたくを整え
寝室のとびらを開けて、閉めた。

まだ呼び声は聞こえない
うたかたのねむりにつくまでのみちすがら

灯りを消して部屋の隅にあるベッドに横たわると
柔らかな毛布に、くるり、くるまって、眠った。

閉じた場所

壁

コンクリートの高い壁に囲まれた道を一輪車で走っている。行き止まりまで行ってみる。見上げるほどの高い壁。行き着く手前でスパンと右の壁が切れているのに気づく。車輪の向きを九十度変えて右に曲がる。

壁の道はまた遠く真っ直ぐに続いている。壁の上の空は夕方を思わせる灰色で、雲に隙間なく覆われてはいるがすぐに雨になりそうな気配はない。左手の壁は途切れなく先まで続いている。右側の壁には幾つかの切れ目があり、曲がれば違う道がひらけるはずだ。

一輪車はシャリシャリと回りつづけている。いっそ車輪の動きを止めて、じっくり辺りを観察してみようか。そんな思いが幽霊のように頭をかすめはするが、足の回転を止める命令を脳は出さない。進むのはごく自然なのだ。ただ、漕いでいた。

部屋

結局僕は真っ直ぐに走っている。ペダルをクルクルと漕いで。必然に身をまかせるのが気持ちよくて曲がる気にならない。左側の壁に道がないのは、左の壁の向こう側が外だからかもしれない。ならば出口はこの先にあるはずだ。饒舌《じょうぜつ》に思考は廻《めぐ》るけれども頭の隅ではわかっている。ただ僕は、真っ直ぐに漕ぎ続けたいのだ。

車輪が急に重くなる。道はいつの間にか沈み込むリノリウムに似た床に変わっている。漕ぎ続けて足がだるくなった頃、部屋のように正方形にひらけた場所に出て、一輪車を降りた。

部屋には自分が入ってきた入り口とその向かい側に出口があって、いつでもまた漕ぎ続けられることが僕を安心させる。柔らかいソファーに深々と身を沈めると、背後にある二つの映写機が回り出し、壁に四角く一つの映像を写した。

下るのが好きだった
あの坂の上からの景色が見える
海と平行して走る道路が遠く白くきらめく
鳶《とんび》がゆっくり輪をかいている
庭には水色と赤紫の西洋朝顔が毎日咲いて

玄関のスロープをいつも大股で上《のぼ》るんだ
乗りこなすことのなかった一輪車が
玄関の隅で錆を浮かせている
白い壁を背景に父と母の姿が見える
横切る手と影がある

中心

いつの間にか僕は眠っている。夢の中で夢を見ている。中心へ中心へと曲がり続け、いつしか雲を貫く太い幹にたどりつく。樹木医のように耳をつけ、流れる水音を聴いている。一輪車はいつの間にかなくなっている。僕はもうどこへも行かない。

目を閉じて、ずっと聴いているんだ。

あとがき

はじめまして、宮永 蕗です。この詩集を手に取って読んでくださいまして、ありがとうございます。

詩らしきものを書き始めて八年ほどが経過し、そろそろ詩集の形にと考え始めたところで、土曜美術社出版販売様より、「詩と思想」五十周年新企画シリーズでの詩集企画出版のお声がけをいただきました。（五十周年おめでとうございます！）

そして期せずして、第一詩集『めぐるポプラ』は、私の（生誕？）五十周年を記念する詩集ともなりました。（拍手！）新しく生まれ変わった気持ちで、あと半世紀、詩と共に生きて行けたらと思っています。

この詩集が、お読みくださったあなたの生活の小さな彩りとなりますよう願いつつ、これからもどうぞよろしくお願い致します。

金井雄二様、中島悦子様に日本現代詩人会HP現代詩投稿欄で新人賞に選んでいただいたことは、詩を書き続ける勇気を与えてくれました。三角みづ紀様は詩の講座の中で、詩集の出版を励ましてくださいました。そして私の大好きな画家、大倉ひとみ様が、この詩集の表紙画を描いてくださいました。
また、この詩集の出版に際し、様々な要望に応じてくださった高木祐子様をはじめ、土曜美術社出版販売の皆様に感謝致します。
最後に、我儘な私を見守ってくれる家族に心より「ありがとう」を伝えます。

宮永　蕗

二〇二二年十二月

■初出一覧

雪望　「野の草など」五二号　二〇二一年三月
めぐるポプラ　「野の草など」四九号　二〇二〇年三月
潮目　「野の草など」五一号　二〇二〇年十一月
雪曜日　「野の草など」五二号　二〇二一年三月
たくさんの名前　「野の草など」五〇号　二〇二〇年七月
帰宅　日本現代詩人会ＨＰ現代詩投稿欄入選　二〇一九年第十二期
異郷へ　日本現代詩人会ＨＰ現代詩投稿欄入選　二〇一八年第十一期
降りしきる　日本現代詩人会ＨＰ現代詩投稿欄佳作　二〇一八年第九期
逆さまの、椅子　第二九回詩と思想新人賞入選　「詩と思想」二〇二〇年十二月号
空色　「詩と思想」（読者投稿作品入選）二〇二一年八月号
変成　『詩と思想詩人集２０２１』（土曜美術社出版販売）二〇二一年八月

＊収録にあたり一部加筆修正あり。

著者略歴
宮永　蕗（みやなが・ふき）

1973年生まれ
新潟県新潟市西区在住

2019年　第3回HP現代詩投稿欄新人賞受賞（日本現代詩人会）
2020年から約1年間　同人誌「野の草など」に参加。
2020年　第29回詩と思想新人賞入選（土曜美術社出版販売）

日本現代詩人会　会員

詩集　めぐるポプラ

発行　二〇二三年一月三十日

著者　宮永　蕗
装丁　直井和夫
発行者　高木祐子
発行所　土曜美術社出版販売
〒162-0813　東京都新宿区東五軒町三―一〇
電話　〇三―五二二九―〇七三〇
FAX　〇三―五二二九―〇七三二
振替　〇〇一六〇―九―七五六九〇九
印刷・製本　モリモト印刷
ISBN978-4-8120-2745-5　C0092